起风了

〔日〕堀辰雄 著

黄悦生 译

天津出版传媒集团

天津人民出版社

果麦文化 出品

"起风了，唯有努力活下去。"

你偎依着我，我把手搭在你肩上，嘴里反复念叨着这脱口而出的诗句。

轻柔的微风时而吹来，像被压抑的呼吸似的穿过对面篱笆墙，
到达我们面前的树丛，使树叶稍微扬起，然后就悄然而去。

我想，初夏黄昏出现的这瞬间景色，虽然是平时熟悉的景物，
但如果不是在此刻，恐怕连我们自己也无法满怀幸福感地进行眺望吧。

太阳已经高高地升起。群山、树林、村子、农田……

所有一切都安详地浮现在温和的秋日里。

"这样和你一起眺望那座山，今天还是第一次吧。

不过，我怎么总觉得好像和你一起眺望过很多次了呢。"

"我原以为，自己人生周围的光亮，就只有这么一点；

而实际上，就跟这小屋的灯光一样，比我自己想象的要多得多。"

Le vent se lève, il faut tenter de vivre.

起风了，唯有努力活下去。

—— 保罗·瓦勒里

目 录

序
曲

在那些夏日里，每当你站在芒草丛生的原野上专心地画画时，我总是躺在旁边一棵白桦树的树荫里。到傍晚时，你收工了，来到我的身边。我们把手搭在彼此的肩上，眺望着远处的地平线——原本已经暮色渐沉的地平线，被一大片暗红色边缘的、厚厚的积雨云覆盖着，仿佛正孕育着什么……

　　在这样一个将近初秋的午后，你把尚未完成的画作搁在画架上，和我并排躺在那棵白桦树的树荫里，啃着水果。像细沙一般的浮云在空中缓缓流动。这时，不知从哪里突然吹来一阵风。我们头顶上，从枝叶间露出的蓝色天空被吹得忽大忽小。几乎与此同时，草丛中传来物体倒地的"啪嗒"声响——好像是我们搁在那边的画连同画架一起倒了下去。你正要起身去看，我却像害怕这一瞬间会失去什么似的，硬是把你拉住了，不让你离开我身边。你也就任由我拉着，没有走开。

"起风了，唯有努力活下去。"

你偎依着我，我把手搭在你肩上，嘴里反复念叨着这脱口而出的诗句。过了一会儿，你终于挣脱我的手，起身走开了。还没干透的画布上沾满了草叶。你把它放回画架上，一边用调色刀费力地刮掉草叶，一边说道：

"唉！要是被父亲看见的话……"

你回头望着我，露出了含蓄的微笑。

"再过两三天，父亲就要来啦。"

一天清晨，我们正在林间漫步时，你忽然开口了。我沉默不语，觉得颇为扫兴。你一边看着我，一边用略带沙哑的声音继续说道：

"到时，我们就不能像这样一起散步了吧？"

"怎样散步都行呀，只要愿意的话。"

我仍然闷闷不乐。尽管分明感觉到了你的目光里带有几分忧虑，我却装作被头顶沙沙作响的树梢吸引了注意力。

"父亲老是不让我离开他身边。"

我终于按捺不住，用焦躁的目光与你对视：

"你是说，我们现在就分手吗？"

"那有什么办法呢！"

说完，你仿佛早已死心似的，努力地向我挤出一丝笑容。可是，你当时的脸色，还有你的嘴唇，是多么苍白啊！

"为什么会突然变成这样呢？你不是已经把一切都交付给我了吗……"

我流露出了不耐烦的神情。狭窄的山路上，随处可见裸露的树根。我让你走在前面，自己则步履艰难地跟在后头。

这一带的树丛显得更加茂密，空气凉飕飕的，到处都是小溪谷。突然，我脑中闪过一个念头：我俩今年夏天才刚认识，你就对我如此顺从。那么，你对你的父亲，对包括你父亲在内的任意支配着你的人，岂不是更加百依百顺？……

"节子，如果你真是这样的话，我会更喜欢你呢。等我的生活安定下来，就一定会去迎娶你的。在那之前，暂时像现在这样待在你父亲身边也好……"

我自言自语地说着，随即又突然拉住你的手，仿佛在征求你的同意。你任由我拉着手。我们就这样手拉着手，站在一片溪谷前面。这片小溪谷在我们脚边深深地往下陷。阳光好不容易才透过无数枝丫交错的灌木丛，斑驳地洒落在谷底的凤尾草上。这些细碎的阳光在穿行途中，随着若有若无的微风轻轻摇曳，时隐时现。我们沉默不语，悲伤地凝望着眼前的景象。

两三天后的某日傍晚，我在餐厅看到你和前来接你的父亲一起吃晚餐。你背对着我的姿态显得很不自然。你此刻的神态和举止，想必是因为父亲在旁边而下意识地流露出来的，却让我觉得你仿佛变成了一个陌生的小姑娘。

"我就算喊她的名字……"我喃喃自语，"她也不会回头看我一眼吧。就好像我不是在喊她一样……"

当天晚上，我百无聊赖，独自一人出去散步回来，又在寂静无人的旅馆后院徘徊了很久。山百合散发着芬芳。我茫然地望着旅馆里还透出灯光的两三扇窗口。不久，似有薄雾笼罩下来。窗里的灯光仿佛对这薄雾感到畏惧似的，一盏接一盏地熄灭了。整栋旅馆陷入一片漆黑。就在这时，传来"嘎吱"一声轻响，一扇窗慢慢地打开了。一个穿着玫瑰色睡衣的少女静静地倚靠在窗边——那就是你……

你们离开之后，我每天都沉浸在一种近似于忧伤的幸
福氛围里。我至今还能清晰地回忆起这种心情。

我终日待在旅馆里，重新又拾起为了你而荒废已久
的工作。我没想到自己竟然还能如此平静地埋头工作。不
久，季节变换，一切都变了模样。终于，我也要离开这里
了。时隔多日，临行的前一天，我才走出旅馆，去外面
散步。

树林里杂芜不堪，几乎全变了样。树叶稀少了许多，
使远处那些无人居住的别墅阳台显得愈加分明。菌类那潮
乎乎的气息和落叶的气味混杂在一起。突如其来的季节变
换，使我产生了异样的感觉：原来和你分别之后，竟然不
知不觉地过了这么久。也许，正因为我内心一直相信你我
只是暂时离别，所以，连时间的流逝都开始具有了和以往
完全不同的意义？……当时，我已经隐约感觉到了这一点。
不久之后，我就明白了其中的意义。

十几分钟后，我走到这片树林的尽头。眼前突然变得
开阔起来，出现了一大片芒草丛生的草原，连遥远的地平
线都尽收眼底。我走进草原，躺在旁边一棵叶子已经开始

发黄的白桦树的树荫下——这就是那些夏日里我躺着看你画画的地方。那时，地平线附近总是被积雨云遮住。而此刻，透过随风摆动着雪白穗子的芒草间隙，就连遥远群山的轮廓也看得清清楚楚。

我目不转睛地注视着远处的群山，似乎要把它们的姿态记在心里。这时，我终于意识到大自然曾经无比眷顾我——这种感觉一直以来就潜藏在我心底，如今更变成一种确信，开始越来越清晰地浮现于我的意识之中……

春

三月到了。一天下午，我像往常一样出门散步，然后假装像顺便路过似的来到节子的家。一进门，就看见节子父亲头戴一顶工人戴的那种大草帽，一只手拿着剪刀，在旁边的小树丛中修剪花木。看见他后，我像个孩子似的拨开树枝，走到他身旁，随便寒暄几句，然后就好奇地看着他干活。等整个人走进树丛里，我才发现各处的细小树枝上有什么白色的东西在闪着光。似乎全都是花蕾……

　　"最近她的身体像好了很多。"节子父亲突然抬起头对我说道。当时，我和节子刚订婚没多久。"等天气再好些，就送她去外地疗养一下，你觉得怎样？"

　　"好倒是好，不过……"我一边支支吾吾地回答着，一边假装被眼前一朵闪亮的花蕾吸引住了。

　　"我们最近一直在找，看看有没有什么比较好的地方……"节子父亲没理会我的反应，自顾自往下说，"节子说Ｆ疗养院[01]不知道怎么样。听说你认识那里的院长？"

"嗯。"我有点心不在焉地回答着，一边把刚才看到的那朵白色花蕾拉到手边。

"不过，那种地方，她一个人能待得下去吗？"

"大家好像都是一个人去的。"

"她可能会待不下去吧。"

节子父亲露出为难的神情，不过也没再看我，而是突然用剪刀去剪他面前的一根树枝。见此情形，我终于忍不住开口了——我觉得节子父亲一定是在等我说出这句话：

"如果需要的话，我可以陪她一起去。我手头的工作应该刚好能在出发之前做完……"

我一边说着，一边轻轻地松开那条好不容易才抓到手里的花枝。我发现，节子父亲的脸色突然变得开朗起来。

"你要是肯帮忙，那当然是最好不过了。可是，这样又太麻烦你……"

"没关系。对我这种人来说，那样的山居环境说不定更适合工作呢……"

然后，我们又聊了聊那家疗养院所在的山区的情况。

01　Ｆ疗养院：原文为"サナトリウム（sanatorium）"，特指建在高原、海滨等地的肺结核疗养院。

可不知不觉地，我们的话题就转到了节子父亲正在修剪的花木上。一种类似于互相同情的感觉，使这些不着边际的谈话也显得富有生趣……

"节子起来了吗？"过了一会儿，我若无其事地问道。

"噢，应该起来了吧……你进去吧，没关系，从这里拐向那边……"节子父亲举起拿着剪刀的手，指向院子的栅栏门。我费力地钻出树丛，扳开那因爬满常春藤而有些难打开的栅栏门，径直从院子走向节子的房间——这房间前不久还被用作画室，现在已经变成隔离开来的病房。

节子似乎早就知道我已经来了，但大概没想到我会从院子走进去。她仍穿着睡衣，外面披了一件颜色鲜明的外褂，躺在长沙发上，手里摆弄着一顶我从没见过的有细丝带的女式帽子。

——我一边透过双扇玻璃门朝房里看，一边走近。这时，她似乎也看见我了，下意识地想要爬起来。但最终还是躺着，只把脸转过来，有点难为情地微笑着，看着我。

"刚才就起来啦？"我在门口打了个招呼，随即有些粗鲁地脱掉鞋子。

"我起来试了一下，但很快就累了。"

她一边说着，一边用疲乏无力的手势，把那顶漫不经心地摆弄着的帽子随便往旁边的梳妆台上扔去。但帽子没够着梳妆台，落在了地板上。我走过去，蹲下身子——脸几乎碰到她的脚尖。我把帽子捡起来，拿在手里，像刚才她那样摆弄起来。

然后，我才问道："拿这顶帽子出来干什么呢？"

"这种玩意儿，都不知什么时候才有机会戴。父亲昨天买回来的……你说他是不是很可笑？"

"你父亲挑的？真是个好父亲啊……快，把帽子戴起来看看。"我半开玩笑地把帽子往她头上戴。

"哎呀，不要……"

她说着，不耐烦地支起半个身子，似乎想要躲开。然后，她略带歉意似的露出了柔弱的微笑，随即又好像突然想起什么，连忙用她那明显消瘦的手拢了拢稍有些凌乱的头发。这个若无其事而又自然流露出几分女孩子气的手势，具有一种性感的魅力，感觉就像在抚摸着我似的。我甚至感到呼吸急促，不由得移开了视线……

过了一会儿，我把手中摆弄着的那顶帽子轻轻地放在旁边的梳妆台上，随即又像突然想起什么似的沉默起来，视线仍然一直躲避着她。

"你生气啦？"她突然抬头看着我，有些担心地问道。

"没有。"我这才把视线转向她，然后冷不防地换了个话题，"刚才听你父亲说了。你真的想去疗养院吗？"

"嗯，一直这样下去，也不知道什么时候才会好起来。只要能快点好起来，让我去哪里都行。不过……"

"怎么啦？你想说什么？"

"没什么。"

"你说嘛，随便说什么都行……还是不肯说呀，那我来替你说吧——你是想让我陪你一起去吧？"

"才不是呢！"她急忙打断我的话。

我却不顾她的阻拦，继续往下说。我的语气和刚才不一样了，开始变得认真起来，同时又有几分不安。

"……不，就算你不让我去，我也肯定会陪你一起去的。不过，我倒是有这么一种感觉……以前，我们还没在一起的时候，我就幻想着和像你这样可爱的姑娘跑到荒凉的山里去，享受二人世界。我应该早就跟你说过那个梦吧？——就是梦见我们住在山村小木屋的那次。当时你听了还天真地笑着说：'那样的山，我们能住得下去吗？'……其实，我觉得，你这次提出想要去疗养院，也许正是因为你的心已经不知不觉地被那个梦打动了吧……难道不是吗？"

她努力保持着微笑，默默地听我说完，然后才断然否定："我早就不记得有这回事了。"随即仿佛表示安慰似的注视着我，说道："你经常想一些不着边际的事情嘛……"

几分钟后，我们好像什么事情都没发生过似的，一起好奇地望着玻璃门外的风景——绿莹莹的草坪上，升起了春日的烟霭。

*

进入四月以来，节子的病似乎已经渐渐临近恢复期了。这恢复期来得越慢，令人焦急的、迈向康复的每一步反而越显得可靠，甚至给我们带来一种难以形容的踏实感。

一天下午，我去节子家时，正好碰上她父亲外出了，节子一个人待在病房里。那天她似乎心情很好，难得一见地穿上了蓝色衬衫，换掉了那套几乎一直穿着的睡衣。看见她的打扮，我就觉得非得把她拉到院子里去不可。外面虽然有点风，但很柔和，感觉十分舒服。她有点不太自信似的笑着，但还是勉强答应了。于是，她把手搭在我肩膀上，踉踉跄跄地迈着步子，战战兢兢地走过玻璃门，来到草坪上。我们沿着篱笆墙走向小树丛——夹杂着许多外国品种的小树丛生长得繁茂而杂乱，枝条互相交错在一起，缠绕不清。走近了才发现，那些繁茂的枝叶上到处长满了白色、黄色、淡紫色的含苞待放的小花蕾。我站在其中一簇树丛前面，偶然想起去年秋天她好像告诉过我这是什么花，于是就朝她转过头，略带疑问地说道：

"你说过这叫丁香花吧？"

"我觉得不太像丁香花……"她的手仍然轻轻地搭着我的肩膀，语气似乎带有一丝歉意。

"噢……那你之前是骗我的呀？"

"我没想骗你。这花是别人送的，那人说叫丁香花……其实，这花也不怎么样。"

"哎呀，现在花都快开了，你才告诉我！这么说来，那个花也……"

我指着旁边的另一簇树丛问道："上次你说那个花叫什么来着？"

"金雀花？"她接过话茬儿。我们走到那簇树丛前面，"这金雀花可是真的哟。你看，它的花蕾有黄色和白色两种，对吧？听说这边白色这种很名贵……父亲经常向人炫耀呢……"

我们东拉西扯地聊着天。这期间，节子的手一直没有从我肩上移开，而且还倚靠在我身上——与其说她是累了，不如说是沉浸其中吧。我们就这样默默无语地站了一会儿，似乎这样就能尽量留住这花香四溢的人生。轻柔的微风时而吹来，像被压抑的呼吸穿过对面的篱笆墙，到达我们面前的树丛，使树叶稍微扬起，然后就悄然而去，只留下我和她站在原地。

　　突然，她把头靠在了我的肩上，脸埋在手中。我发觉她的心跳比平时快了许多。

　　"累了吗？"我柔声问道。

　　"没有。"她小声回答。可我却感觉到肩上的重量在渐渐增加。

　　"我身体这么弱，太对不起你了……"她的声音很轻。可以说，我不是听到，而是感觉到的。

　　"在我眼中，你的这种柔弱会使你变得更可爱呀。你怎么就不明白呢……"我心里急切地想要对她倾诉，表面上却故意假装没听见她说什么，一动也不动。她突然向后仰似的抬起头，甚至连手也慢慢地从我肩上移开。

　　"为什么我近来会变得这么懦弱呢？之前无论病得多严重，我都没往心里去。可现在……"她的声音很低，像在喃喃自语似的。沉默使这番话更令人感到不安。这时，她突然抬起头，目不转睛地盯着我，随即又低下头，稍有些尖着嗓子地说道："我突然觉得很想活下去……"

接着，她用小到几乎听不清的声音补充了一句："幸亏有你……"

*

"起风了，唯有努力活下去。"

两年前我们初次相遇的那个夏天，我不经意地念出了这句诗，而后就经常随口吟诵。本来早已经忘记了，但在这段日子里，它又忽然回到我们身边。这是比"人生"本身更重要，而且比"人生"本身更鲜活、更快乐——甚至快乐得近乎刻骨铭心的一段日子。

我们开始为月底去八岳山麓的疗养院做准备。我和那里的院长有一面之交，所以打算趁他偶尔来东京的机会，请他在我们去疗养院前给节子检查一下病情。

这天，院长终于来到位于郊外的节子家。做完初步检查后，院长对我们说："没什么大问题。唉，住到山里面，忍受个一两年就行啦！"说完就急匆匆地回去了。我特意把院长送到车站，因为我希望他能把节子的真实病情单独告诉我。

"这种话可不能对患者本人说哟。至于患者父亲嘛，接下来我还会找他好好聊一聊的。"院长先来了这么一句开场白，接着就神情严肃地把节子的详细情况告诉了我，然后，他打量着默默地听着的我，有些同情地说道："你的脸色也很差嘛。刚才应该顺便给你也检查一下。"

我从车站回来，又走进病房，发现节子仍然躺着，节子父亲也还在旁边，两人开始商量去疗养院的具体日期。我阴沉着脸，加入了他们的讨论。"其实……"节子父亲像想起了什么似的，站起身来，莫名其妙地说道，"既然已经好多了，那么只在那边住一个夏天就可以了吧。"说完就走出了房间。

房间里只剩下我和节子。我们不约而同地陷入了沉默。傍晚时分，周围弥漫着春天的气息。我刚才就有些头痛，现在更是觉得越来越难受，于是就悄悄地站起来，走到玻璃门旁边，把其中一扇门打开一半，然后倚靠着门。我就这样呆呆地站了好一会儿，也不知道自己在想些什么，只是茫然地望着对面那些隐约被暮霭笼罩的小树丛，心想："是什么花的香味呢，真好闻……"

"你在做什么呢？"

背后传来节子略有些沙哑的声音，让我从近乎麻木的状态中回过神来。我仍然背对着她，装作好像在思考其他事情似的答道："我在想着你，想着山里的事，还有我们即将在那里开始的生活……"我断断续续地说着，语气很不自然。然而，说着说着，我渐渐觉得自己刚才似乎确实在想着这些事。对了，然后我好像还这么想："去到那边，肯定会发生各种各样的事……不过，人生嘛，最好就是一切都顺其自然，正如你一贯的做法一样……这样，说不定我们还能获得一些从来不敢奢望的东西……"尽管我在心底里是这么想的，自己却一直没有意识到，而是被一些看似无足轻重的琐碎印象分了心。

院子外面还稍有些光亮，可我留神一看，房间里已经完全暗了下来了。

"我去开灯吧？"我突然回过神来。

"请先别开……"她的声音比刚才更沙哑了。

我们沉默了好一会儿。

"我觉得呼吸有点难受。青草味儿太呛人了……"

"那我把这门也关上吧。"

我用近乎悲伤的语气回答着，同时抓住门把手，准备拉上。

　　"你……"她的声音沙哑得近于中性，"你刚才哭了吧？"

　　我大吃一惊，急忙朝她转过头。

　　"我怎么会哭呢……你看看我！"

　　可她却躺在床上，不肯转向我这边。天色已经暗下来，看不太清楚，但我觉得她好像在凝视着什么东西。我有些担心地随着她的视线望去，才发现她只是凝视着半空。

　　"其实我也知道……刚才院长肯定跟你说什么了……"

　　我想立刻回答些什么，可我却什么都说不出来。我只是尽量不发出声响地把门轻轻关上，随即又开始茫然地望着暮色渐沉的院子。

　　过了一会儿，我背后传来了深深的叹息声。

　　"对不起。"她终于开口了，声音还有一些颤抖，但比刚才从容了很多，"别为这些事担忧啦……接下来，我们能活多久就活多久好了……"

　　我转过身，发现她的指尖正放在眼角上，而且一直没有移开。

*

　　四月下旬的一个阴天早晨，节子父亲送我们到停车场。当着他的面，我们像要出去度蜜月似的，高高兴兴地上了开往山区的火车的二等座车厢。火车缓缓地驶出站台，把节子父亲一个人留在原地——他努力装出若无其事的样子，稍稍弓着背，仿佛一下苍老了许多……

　　火车完全离开站台后，我们关上窗，脸上突然露出了落寞的神情。我们在二等座车厢角落的空位坐下来，把膝盖紧紧地贴在一起，似乎这样就能抚慰彼此的内心……

起风了

我们的火车时而爬上山岭，时而沿着深深的峡谷飞驰，时而又在突然变得开阔的葡萄园台地间穿行了许久，然后才终于进入山区地带，开始了似乎永无休止的、顽强的攀爬。这时，天空变得更低了，刚才笼罩着整片天空的乌云，不知不觉间已经分散开来，几乎压在我们的头顶上。空气也开始变得有几分凛冽。

　　我竖起外衣的领子，有些不安地看着节子——她把身体完全埋在披肩里，闭着眼睛，脸上流露出一丝兴奋，甚至盖过了疲惫的神色。她不时睁开眼睛，茫然地望着我。一开始时，我们每次都相视而笑。可到了后来，却变成了不安的对视，随即同时把视线移开。然后，节子又闭上了双眼。

　　"好像开始变冷啦，说不定会下雪呢。"

　　"都已经四月份了，还会下雪吗？"

"嗯，这一带可说不准。"

虽然才下午三点左右，但天色已经完全暗下来了。我望向窗外。一排排光秃秃的落叶松开始出现在视野里，还有许多黑黝黝的枞树夹杂其间。我意识到，我们正经过八岳山脚。按说眼前应该会出现很多山的，可现在却连座山的影子也没见着……

火车在一个颇有山麓风情，跟杂物房没什么两样的小站停下来。来车站接我们的，是一个身穿印有"高原疗养院"标志的号衣的老勤杂工。

我用胳膊搀扶着节子，走到停在车站前的一辆很旧的小汽车旁。我能感觉到节子在我的搀扶下走得有些踉跄，我却假装浑然不觉。

"累了吧？"

"还行。"

和我们一起下车的几个貌似本地人的乘客，围在我们旁边小声嘀咕着什么。待我们坐进小汽车时，他们已经和当地村民混在一起，难以分辨，随即消失在村落里。

我们的车子穿过一排破旧小屋的村子，然后爬上一片凹凸不平的斜坡——看样子似乎会一直延伸到遥不可见的八岳山脊。这时，前方出现了一座巨大的建筑物，红色屋顶，附带着几栋侧楼，背后是一片杂木林。"就是那里吧。"我喃喃自语，同时感受到汽车底盘的倾斜。

节子只是稍抬起头，茫然地向前望去。眼神里流露出几分忧虑。

到了疗养院，我们被安排在最里面那栋楼的二层一号病房，背后就紧挨着杂木林。做了些简单的检查之后，医生要求节子立刻卧床休息。在铺着亚麻油毡地板的房间里，摆放着全部都涂成白色的床、桌子、椅子。除此之外，就只有勤杂工刚刚送来的几个行李箱。房间里只剩下我们两人。我有些心神不定，也无心去看看给陪住人安排的那间狭小侧房，只是茫然环顾着这间感觉似乎是毫无遮拦的病房，或者时不时地走到窗边，留意一下天色。风拖拽着沉甸甸的乌云，屋后的杂木林时而发出尖锐的呼啸声。我哆哆嗦嗦地去阳台看了一下。阳台一直通往对面的病房，没有任何间隔。阳台上寂静无人，于是我毫无顾忌地走过去，边走边窥视那一间间病房。经过第四间病房时，从半开的窗户看见房里躺着一位患者，我这才急忙折返回来。

灯终于点亮起来。随后，我们相向而坐，吃起护士端

26

来的晚饭。作为两人初次共进晚餐来说，这顿饭未免有点寒酸。其间，外面已是一片漆黑，所以也没发现有什么异样，只是觉得四周突然变得很安静。不知什么时候已经开始下起雪来。

我站起身，把半开着的窗户再关小一些，随即把脸凑到玻璃窗前，静静地凝视着窗外的雪。我呼出的气息使玻璃变得模糊起来。过了好一会儿，我才离开窗前，转过身对节子说："喂，你说，我们为什么要来这儿……"

她仍然躺在床上，用哀求似的眼神仰面看着我，然后把手指放在嘴唇上，示意我别再往下说。

*

八岳山脚下的黄褐色原野十分开阔，在坡度渐缓的地方，疗养院和几栋并排的侧楼一起向南而立。原野斜坡继续往前延伸处，有两三个随山势倾斜的小村子。最后的尽头，是被无数黑松林包围着而看不见的峡谷。

从疗养院朝南的阳台望过去，那些倾斜的村子和红褐色的耕地尽收眼底。天气晴朗的时候，视野更加开阔——在那一排排包围着村子和耕地的松林上空，在那些自己翻涌到空中的白云里，总是能隐约看见从南向西延伸的南阿尔卑斯山及其两三条支脉。

来到疗养院的第二天早晨，我在陪住的那间小房间里醒来。透过小小的窗口，靛蓝色的晴空和好几座鸡冠状的白色山顶赫然出现于眼前，仿佛是突然从空气里生出来似的，令人觉得意外。躺在床上看不见阳台和屋顶上的积雪，却能看见春意盎然的阳光照下来，不断地有水蒸气升起。

我有点睡过头了，急忙爬起来，走进旁边的病房里。节子已经醒了，裹着毛毯，脸上好像有点发热。

"早上好！"我轻松地打了个招呼，同时觉得自己脸上也有点发热，"睡得好吗？"

"嗯。"她朝我点点头，"昨晚吃了安眠药，现在有些头疼。"

我装作满不在乎的样子，兴冲冲地把窗户及通往阳台的玻璃门全打开了。外面很耀眼，一时间什么都看不见。等眼睛逐渐适应过来时，才看见被积雪覆盖的阳台、屋顶、原野，甚至连树上都有水蒸气袅袅地升起。

"对了，我还做了个奇怪的梦，梦见……"她在我背后支支吾吾地说着。

我马上猜到，她要说的大概是一些难于启齿的话。她的声音有些沙哑——每当这种时候她都会这样。

我朝她转过身——这次轮到我把手指放在嘴唇上，示意她别再往下说……

过了一会儿，热情的护士长急匆匆地走了进来。她每天早上都会逐一巡视病房，看望每位病人。

"昨天晚上休息得好吗？"护士长语气轻快地问道。

节子什么也没说，只是温顺地点了点头。

*

在山里的疗养院生活，自然会感受到一种特殊的人性——因为患者是在一般人认为已经走投无路时重新开始自己的人生。我开始隐约意识到原来自己内心也隐藏着这种人性，是从这件事开始的——刚住进疗养院不久，院长把我叫到诊室，给我看节子患病部位的 X 光照片。

为了能让我看清楚，院长把我带到窗边，对着光亮举起底片，并一一加以说明。右胸的几根白白的肋骨看得很清楚，而左胸处则有一大团形似奇妙的黑暗花朵的病灶，以至于几乎完全看不到肋骨。

"病灶比预想的扩散得更快啊……没想到变得这么严重……看这样子，在整个医院也算是第二严重的了……"

院长的话在我耳边嗡嗡作响。我仿佛失去了思考能力，意识里只是鲜明地浮现出刚才看过的那朵奇妙的黑暗花朵形象，似乎它与院长的话没有任何关系。我从诊室往回走。一路上，白衣护士和我擦肩而过，病人们开始光着身子在各处阳台上晒太阳，病房里传来嘈杂声，小鸟啾啾鸣叫……而这一切，仿佛与我毫无关系。我终于回到最边上的那栋楼，机械地放慢脚步，准备登上通往我们病房的楼梯。这时，楼梯旁边的病房里突然传来一阵异样的，似乎从未听到过的可怕的连续干咳声。"咦，这里也住着病人？"我一边想着，一边茫然地注视着门上的数字"NO.17"。

*

就这样，我们开始了稍有些特别的爱情生活。

自从住院以来，节子按医生要求一直卧床静养。住院前，状态好的时候她还尽量下床活动。相比之下，现在显得更像病人了。不过，病情并没有恶化。医生们似乎也经常把她当作即将痊愈的病人来对待。院长他们有时还开玩笑说："这样就能活捉病魔啦！"

季节变换飞快，就像要弥补之前略显迟缓的时节变化一样。春季和夏季几乎同时到来。每天早上，我都被黄莺和布谷鸟的啼叫声唤醒。接下来的一整天，周围树林的新绿从四面涌来，连病房里都充满了清爽之色。在这些日子里，似乎就连清晨从山间涌出飘走的白云，也会在傍晚回归群山的怀抱。

每当我回想起这些我们一起度过的最初日子，回想起我几乎形影不离地陪护在节子枕边的日子，都会因为每一天都太相似、太单调（虽然不无魅力），而记不清到底哪天在前哪天在后。

我甚至觉得，我们在重复这些相似日子的过程中，已经完全从时间里脱离出来了。而在这些从时间里脱离出来的日子里，就连我们日常生活中的一点一滴，都具有和以往截然不同的魅力。她那温暖而散发着芳香的身体，她那略为急促的呼吸，她那牵着我的柔软的手，她的微笑，以及我们之间时不时的平淡对话……除去这些，就什么也没剩下了——尽管这些日子如此单调，但我深信：所谓人生的构成要素，全部都在这里。而且，这些一点一滴之所以能让我们感到如此满足，完全是因为我和她在一起的缘故。

在这些日子里，要说唯一发生的事，就是她偶尔发烧。这无疑会使她的身体逐渐衰弱下去。然而，在这样的日子里，我们尝试过更细心、更缓慢，仿佛偷食禁果一般地品味那些日常生活的点滴魅力，所以反而能够更完整地保留住带有几分死亡气息的生之幸福。

一天傍晚，我站在阳台，节子躺在床上，我们一起出神地眺望着远处的风景——夕阳刚沉入对面的群山背后，在余晖照射下，周围的山峰、山冈、松林、田地有一半被染成鲜艳的红黄色，另一半则被朦胧的深灰色渐渐侵蚀。有时，小鸟会突然飞起，在树林上空画出一条抛物线——我想，初夏黄昏出现的转瞬即逝的景色，虽然是平时熟悉的景物，但如果不是在此刻，恐怕连我们自己也无法满怀幸福感地进行眺望吧。我幻想着：很久很久以后，如果我能回忆起这个美丽的黄昏，大概会从中找到描绘着我们幸福的完美画面吧。

"你在想什么呢？这么入神。"我背后的节子终于开口了。

"我在想，等到很久很久以后，再回忆起我们的这段日子，那该有多美好啊！"

　　"好像挺不错嘛。"她愉快地表示赞同。

　　之后，我们又转入沉默，继续看同样的风景。渐渐地，我产生了一种模糊不清的异样感觉：在这里出神地遥望风景的人，好像是我，又好像不是我……这种感觉甚至让我有些痛苦。这时，我似乎听到背后传来深深的叹气声，但又觉得好像是我自己发出来的。我回头看着她，想弄个明白。

　　"要是能像现在一样……"她目不转睛地回望着我，声音有些沙哑，但话没说完就打住了，稍微犹豫了一下，随即一反常态地用不管不顾的语气往下说道，"要是能活那么久就好了。"

　　"你又说这种话！"

　　我有些不耐烦地低吼道。

　　"对不起。"她简短地回答了一句，随即别过脸去。

　　刚才那种连我自己也不明就里的感觉，此刻正逐渐变成一种焦躁情绪。我再次把目光投向远山那边——然而，在风景之上瞬间产生的异样之美已经完全消失了。

那天晚上，我正要回旁边的侧房睡觉时，被她叫住了。

"刚才对不起啊。"

"没事啦。"

"我本来想说别的……可一不小心却说出了那种话。"

"那你本来想说什么？"

"……你曾经说过：只有在将死之人眼中，才会觉得大自然是如此之美……今天，我想起了你说过的这句话，不由意识到：自己之所以觉得眼前的风景这么美，恐怕是因为……"她一边说，一边用倾诉般的目光盯着我的脸。

我心里被她的话刺痛了一下，不由得垂下眼帘。这时，我的脑海中突然闪过一个念头。刚才令我焦躁不安的那种模糊感觉逐渐变得清晰起来……"对呀，我为什么没有意识到这一点呢？刚才觉得那自然景色如此美丽的，并不是我自己，而是我们俩。或许可以说，那只是节子的灵魂通过我的眼睛，以我的方式进行幻想……我完全没有意识到节子是在幻想着自己生命的最后瞬间，而我却自顾自地幻想着我们活得很久很久以后的情景……"

我胡思乱想了好一会儿，抬起头时，才发现她一直目不转睛地盯着我。为了避开她的视线，我弯下腰，在她额头上轻轻地吻了一下。我心里觉得十分羞愧……

*

终于到了盛夏。山里的盛夏来得比平地更为猛烈。疗养院后面的杂木林里，蝉声终日响个不停，就像有什么被烧着了似的，甚至还有树脂的气味从打开的窗户飘进来。一到傍晚，许多患者为了呼吸得顺畅些，纷纷把床移到室外的阳台上。看见这些患者，我们才发现最近住进疗养院的人突然增加了很多。当然，我们仍然不管别人，继续沉浸在二人世界里。

最近，因为天气炎热，节子完全没了食欲，晚上也经常睡不好。守着她睡午觉时，我比之前更加在意走廊上的脚步声，以及从窗外飞进来的野蜂和牛虻。我甚至还为自己因天热而变得粗重的呼吸声而感到心烦意乱。

屏住呼吸守在节子的枕边看她睡觉，对于我来说也近似于一种睡眠状态。我能清晰地感觉到她在睡梦中时而舒缓时而急促的呼吸，清晰得令我感到痛苦。我的心脏甚至和她一起跳动。她似乎时不时受到轻度呼吸困难的侵扰。每当这时，她就会把微微抽搐的手伸到喉咙附近，似乎想要抑制住痛苦——我猜她可能是在做噩梦，正犹豫着要不要叫醒她时，她的痛苦之状却已经平复下来。我不由松了一口气，甚至从她那平静的呼吸之中感觉到一种快慰。当她醒来时，我轻轻地吻一下她的头发。她则用疲惫的眼神看着我。

"你刚才一直在这里吗？"

"嗯，我也在这里打了个盹儿。"

在难以入睡的夜里，我就会不由自主地模仿她的手势——把手伸到自己喉咙附近，似乎想要抑制住痛苦。这已经形成了习惯。而等我意识到这一点时，才发现自己竟然真的感觉到呼吸困难。不过，对我来说，这却是一种愉快的体验。

"你最近的脸色好像很差呀。"有一天，她一边比平时更仔细地端详着我，一边说道，"是不是哪里不舒服？"

"没事。"我为她的话感到欣慰，"我的脸色一直都是这样的呀。"

"别老待在病人身边，偶尔也出去散散步吧。"

"这么热，散什么步……晚上嘛，又太暗了……再说，我每天都经常在医院里走来走去的。"

为了打住这个话题，我便说起每天在走廊碰见的其他病人的情况：那几个年少的患者，经常一起围在阳台边上，以天空为赛马场，把飘动的白云想象成各种动物；那个重度神经衰弱、个子高得有点吓人的患者，经常挽着护理护士的胳膊，漫无目的地在楼道里走来走去……当然，我尽量不提那个十七号病房的患者——我从来没见过那人，但每次从他病房前经过时，都会听到那令人毛骨悚然的、可怕的咳嗽声。恐怕他就是这个疗养院里病得最严重的病人了……

八月已经渐近尾声，可每天夜晚还是热得难以入睡。一天晚上，虽然早已过了九点的就寝时间，但我们还没睡着。这时，对面楼下那栋病房里隐约传来一阵喧闹声，其中不时夹杂着在楼道里快步走过的脚步声、护士压低嗓门的呼叫声，以及器具的猛烈碰撞声。我忐忑不安地竖起耳朵听了一会儿，那喧闹声才总算平息下去了。然而，几乎与此同时，四处楼房里又开始发出类似的沉闷的嘈杂声，并且最终蔓延到了我们楼下的病房。

我知道这阵像暴风雨一样席卷整个疗养院的骚动是怎么回事。其间，我多次竖起耳朵，仔细听隔壁房间的节子的动静。灯早就关了，但她似乎也一直没睡着，静静地躺着，没有翻身。我也在沉闷之中静静地躺着，等待这场暴风雨自动平息。

　　到深夜时，骚动才渐渐开始平息下去。我不由松了一口气，迷迷糊糊地刚要睡着，突然听到隔壁房间传来两三声似乎已经忍了很久的、神经质的咳嗽声。我顿时醒过来。那边的咳嗽声立刻停了，但我实在放心不下，就悄悄地走进隔壁房间。黑暗之中，节子好像有些害怕似的，睁大眼睛朝我这边看。

　　"我没事。"

　　她努力微笑着说。声音小得几乎听不见。我默默地在她床边坐下来。

　　"你留在这里，别走。"

　　她一反常态地怯懦地说道。就这样，我们一夜没合眼，直到天亮。

　　又过了两三天之后，夏天突然就开始衰退了。

　　　　　　　　　　　　　　*

　　到了九月，下过好几场时断时续的暴雨之后，雨水就没有停下来的时候了。树叶还没枯黄，就快要先被雨水沤烂了。疗养院的一间间病房每天都窗户紧闭，以至于室内一片昏暗。风吹得房门吧嗒直响。屋后的杂木林不时发出单调而沉闷的声音。没风的时候，我们整天听着雨水从屋顶滴落到阳台上的声音。大雨终于转成雨雾的一个清晨，我茫然地从窗口俯视下方，只见阳台对面的狭长院子变得稍微明亮了一些。雨雾迷蒙中，有个护士一边随手采摘着盛开的野菊花和波斯菊，一边从院子的另一头往这边走来。我认出她是十七号病房的护理护士，心中突然闪过一个念头："啊，那个经常发出可怕咳嗽声的病人可能死掉了吧。"看着被雨雾打湿却仍在兴奋地采花的护士，我突然感到一阵揪心。

"看来，这里最严重的病人果然就是那个家伙吧？既然他已经死掉，那么下一位又轮到谁呢？……唉，要是院长没跟我说过那番话就好了……"

那个护士抱着一大束花消失在阳台下方。而我还一直茫然地把脸贴在玻璃窗上张望。

"你在看什么呢？这么入神。"节子躺在床上问我。

"刚才有个护士在雨中采花，不知道是要送给谁呢？"

我喃喃自语着，然后才离开了窗边。

然而，接下来的一整天，我都不敢正视节子的脸。我能感觉到，她其实已经明白是怎么回事了，却故意装出毫不知情的样子，有时甚至还目不转睛地盯着我。这让我觉得更加痛苦。我意识到："两个人各自抱着无法相互分担的不安和恐惧，就会各想各的心事。这样下去可不行。"于是想尽快忘掉这件事，但这件事反而时不时地浮现在我脑海里。最后，我甚至想起了那个本来早已经忘记的不吉利的梦——我们刚住进疗养院的那个下雪的晚上，节子做了一个奇怪的梦，我一开始不让她说的，可后来还是忍不住问了她——她梦见自己变成了一具死尸，躺在棺材里。人们抬着那口棺材，时而穿过不知是什么地方的原野，时而走进森林。她明明已经死了，却能从棺材里清楚地看见冬天荒芜的地面和黑黢黢的枞树，听见从地面和树梢吹过的萧瑟风声……梦醒后，她分明感觉到耳朵冰凉，而且耳边还萦绕着枞树的呼啸声……

接下来，又连续几天下着这样的雨雾。而季节已经悄然变换。我忽然发现，原先那么多的患者已经一个个离开，只剩下一些不得不在这里过冬的重症患者。疗养院又变回像夏天之前那样冷清了。十七号病房患者的死则加剧了这种凄凉感。

九月末的一天清晨，我从走廊北侧窗口不经意地望向屋后那片杂木林时，感觉有些异样——有人在浓雾缭绕的树林里进进出出。我问了一下护士，她们好像也不太清楚。后来我也就把这事忘掉了。可第二天一大早，又来了两三个工人，在雾气中隐约看见他们开始砍伐山坡边缘的栗子树。

当天，我偶然听说了患者们都还不知道的一件事——那位可怕的神经衰弱患者前一天在那片树林里上吊自杀了。我这才意识到：那个经常挽着护士的胳膊在楼道里走来走去的高个子，之前每天都能碰见好几回，从昨天开始却突然消失不见了。

"原来轮到他了呀……"自从十七号病房的患者死后，我整个人的神经都绷得紧紧的。而没过一周又听到这起意外的死讯时，却不由松了一口气。正因如此，我甚至完全感觉不到这个凄惨的死讯本应带来的恐惧感。

"虽然院长说过节子的病情严重程度仅次于几天前死掉的那个家伙，但并不意味着一定会死呀。"我故作轻松地告诉自己。

树林里的栗子树被砍掉两三棵后，难免让人觉得缺少了什么似的。所以那几个工人又继续沿着山坡边缘向外挖，然后把泥土运到疗养院北侧那块稍微陡峭的空地上，把坡度填缓一些——他们打算在那里修建花坛。

*

"你父亲来信啦！"

我从护士交给我的一扎信里拿起一封，递给节子。她躺在床上接过信，随即像个小女孩似的，两眼放光地读起信来。

"啊，父亲说要过来！"

节子父亲在信里说：他正在旅行，过几天回去时打算顺道来疗养院看一下。

眼下是十月，当天天气晴朗而风稍大。近来，节子因为一直卧床，所以食欲减退，明显有些消瘦。不过，从这天起，她就开始努力增加饭量，而且还时不时地从床上爬起来坐着。有时候，她还会像回想起什么似的面露笑容。我知道，节子是想重新找回在父亲面前才会展现的少女般的微笑。我没有去打扰她。

几天后的某个下午，节子的父亲来了。

他看上去比之前老了一些，而且还有个更明显的变化——他的背弓得更厉害了，以至于让人觉得他好像对医院的氛围感到有些害怕。他一走进病房，就在节子枕边坐下——那是我平时常坐的位置。

节子可能是因为最近几天活动得太多，昨天傍晚有点发烧。所以，尽管她心中充满期待，却只能遵照医生嘱咐，从今早就一直卧床休息。

节子父亲大概原以为女儿已经接近痊愈了，此时看见她还这样躺卧在床上，不由流露出一丝不安的神情。他仿佛是为了了解其中缘由似的，时而仔细地打量着病房，时而注视着护士们的每一个动作，时而走到阳台外看一下……所有这些似乎都令他感到满意。当他看见节子那并非出于兴奋而是因为发烧而变红的脸色时，还反复嘀咕道："气色还挺好的嘛。"仿佛是想让自己相信女儿正逐渐康复。

我借口说有事，然后就走出病房，让他们父女俩单独待一会儿。过了一会儿，我回到病房时，发现节子又从床上坐起来了，被子上摆满了她父亲带来的点心盒和纸包——这些玩意儿，大概是因为她小时候曾经喜欢，所以父亲以为她现在仍然喜欢而特意带来的吧。一看见我，节子就像个玩恶作剧被揭穿了的小女孩似的，红着脸把床上的东西收拾起来，随即又立刻躺下了。

我觉得有些尴尬，就在离父女俩稍远的窗边的椅子上坐下来。父女俩用比刚才更低的声音继续聊着刚被我打断的话题——大多是关于我不认识的熟人朋友的近况。其中有些消息好像还给她带来了我无从得知的感触。

我来回打量着正在愉快交谈的父女俩，感觉自己像在欣赏一幅画似的。从节子对父亲说话时的表情和语调，我看到她重新焕发出一种具有少女气息的光彩。她那像孩子似的幸福模样，令我对不甚了解的她的少女时代充满了幻想……

趁病房里只剩下我们俩的短暂片刻，我凑到她跟前，小声取笑道："你今天简直就像个陌生的玫瑰色少女。"

"我不理你了！"她像个小姑娘似的用双手捂住了脸。

*

节子父亲在这边待了两天就回去了。

临走前，节子父亲让我带他到疗养院周围逛了一圈。当然，真正目的是为了和我单独谈一谈。天空一片晴朗，万里无云，八岳山难得如此清晰地展现出红褐色的山壁。我指着群山示意他看，他却只是稍抬了一下头，然后自顾自地往下说。

"她的身体可能不太适应这里吧？已经住半年多了，我还以为她会恢复得更好一些呢……"

"唉，今年夏天各地的天气都很差嘛。而且，这种山里的疗养院，听说冬天的环境比较好……"

"要是能坚持住到冬天，那也行……但估计她很难坚持下去吧……"

"她本人倒好像愿意留在这里过冬的。"我心里有些焦急，不知道怎样才能让节子父亲明白——这山里的孤独能为我们营造幸福。然而，一想到她父亲为我们付出的牺牲，那些话就很难说出口，于是只能把这答非所问的对话继续下去。"您难得来一趟，就尽量多住几天吧？"

"……不过，你冬天也会在这里陪着她吗？"

"嗯，当然。"

"那真是太麻烦你啦……对了，你手头的工作还有在做吗？"

"没有……"

"你多少也得做点事，不能只顾着节子呀。"

"嗯，接下来我会的……"我支支吾吾地回答着。

——是啊，我已经把自己的工作扔下很久了，得尽快重新捡起来……想到这里时，我不禁有些激动。然后，我和节子父亲就默默无语地站在山冈上，静静地仰望着从西边迅速布满天空的无数鳞片似的白云。

过了一会儿，我们穿过树叶全变枯黄的杂木林，从后门走回疗养院。当天，仍有两三个工人在山坡那里挖土。从旁边经过时，我只是若无其事地说了一句："他们好像要在这里修建花坛。"

傍晚，我把节子父亲送到车站。回来时，却看见节子在床上侧着身子拼命咳嗽，几乎喘不过气来。之前从来没有咳得这么厉害。等她稍微平息时，我问道："你怎么啦？"

"没事……很快就不咳了。"她好不容易才说出这么一句，"给我倒点水。"

我从玻璃瓶往杯子里倒了些水，拿到她嘴边。她喝了一口，稍微平静下来。但这种平静状态只是暂时的。没过一会儿，咳嗽又开始发作了，甚至比刚才咳得更厉害。她扭动着身体，几乎滚到了床边。我不知道该怎么办好，只是问道：

"我去叫护士吧？"

"……"

咳嗽暂时平息下来，但她却一直痛苦地蜷缩着身体，双手捂住脸，然后轻轻地点了一下头。

我去叫护士。护士一听，立刻撇下我，朝病房跑去。我跟在后头走进病房，只见节子正被护士用双手搀扶着，姿势显然比刚才舒服了些。但她却只是呆呆地睁大着眼睛。咳嗽好像暂时止住了。

护士慢慢地松开手，说道："不咳啦……就这样先别动，休息一会儿吧。"然后开始整理凌乱的毯子，"我现在去准备给你打针。"

护士走出病房时，对不知所措呆站在门口的我低声说道："咳出了一点血痰。"

我这才走近节子枕边。

她茫然地睁着眼睛，但感觉却像是睡着了。我把她那苍白额头前散乱的一小绺卷发往上拨，同时用手轻轻地抚摸她那冒出冷汗的额头。她的嘴唇流露出神秘的微笑，似乎终于感受到了我的温暖。

*

从那之后，节子每天都卧床静养。

病房窗户上的黄色遮阳帘完全放了下来，使室内保持昏暗。护士们走路时都蹑手蹑脚的。我几乎寸步不离地守在她的枕边，而且还独自承担了夜间的陪护工作。她有时会看着我，似乎想说些什么。我则立刻把手指放到嘴唇上，不让她说。

这样的沉默使我们陷入各自的思绪里。然而，我们却能清晰得近乎痛切地感觉到对方在想什么。我一直觉得：这次发生的事，只不过是她为我付出的牺牲变成了显而易见的事实而已。同时，我还能清晰地感觉到，她在后悔自责——觉得是自己的轻率举动，瞬间毁掉了我俩无比细心地培育所得的成果。

节子付出牺牲却不以为苦，反而为自己的轻率感到自责。她这种惹人怜爱的心境，令我感到揪心。我一边让节子理所当然地付出牺牲，一边和她在这张也许将变成临终之处的病床上，共同享受和体会生之快乐——我们相信这样能让我们过得无比幸福，然而这样真的能让我们感到满足吗？也许，我们此刻感觉到的幸福，要比想象中的更加

48

短暂，更加变化无常……

　　节子迷迷糊糊地睡着了。疲惫的我坐在她身边胡思乱想。最近，我总是觉得我们的幸福似乎受到了什么东西的威胁，这让我感到不安。

　　不过，一周之后，这场危机就过去了。

　　这天早晨，护士终于把病房里的遮阳帘取掉了，而且还打开了一部分窗子。秋天的阳光从窗外照进来，十分耀眼。"真舒服啊。"病床上的节子似乎重新焕发了生机。

　　我在她枕边摊开报纸看，一边心想：那些给人带来巨大冲击的事，一旦过去，竟变得好像不曾发生在自己身上似的。我瞥了她一眼，忍不住用嘲笑的语气说道：

　　"就算是父亲来看你，你也不必这么激动嘛。"

　　她有点脸红，随即顺从地接受了我的意见。

　　"下次父亲再来，我就不理他。"

　　"你要做得到才行呀……"

　　我们像小孩子一样，把所有责任都推到了她父亲身上，以这样的玩笑话来互相安慰对方。

　　就这样，我们的心情自然而然地变得轻松起来，感觉这一周发生的事只不过纯属意外。此前一直折磨着我们的肉体和精神的这场危机，就这样轻易化解了。至少，在我们看来是这样的……

　　一天晚上，我坐在她身旁看书。突然，我合上书走到窗前，若有所思地伫立片刻，然后又回到她床边，拿起书来继续看。

　　"怎么啦？"她抬头问我。

　　"没事。"我随口答了一句，随即装出认真看书的样子，但没过几秒，我又开口说道，"来到这里之后一直无所事事，我打算接下来要做点事情了。"

　　"就是嘛，工作荒废了可不行。父亲也挺担心这一点的。"她一脸严肃地说道，"不能只想着我……"

　　"不，我只希望能有更多时间想你……"这时，一个创作灵感突然隐约浮现在我脑海中。我一边紧紧地追逐着这个灵感，一边自言自语地往下说道，"我想把你写进小说里。除此之外，我现在没法考虑其他的事情。我们相互给予彼此的幸福，是在别人都以为已经走到尽头时开始的生之快乐——我想把这种不为人所知的，只属于我们的东西，写成更加切实而有形的文字。你能明白我的意思吗？"

"我明白。"她紧跟着我的思路，就好像在理清自己的思路一样。马上回答之后，她又撇撇嘴笑了一下，似乎爱理不理地补充道，"关于我嘛，你想怎么写就怎么写呗。"

　　我则顺势接过话茬儿："嗯，我当然是想怎么写就怎么写的……不过，要写这篇小说，还得请你好好配合呢。"

　　"我也帮得上忙？"

　　"嗯，在我工作的时候，你要从头到脚全身心都沉浸在幸福之中。否则的话……"

　　我特别感觉到：与其独自一人茫然空想，倒不如两个人一起构思，这样能让自己的头脑变得更加活跃。不知不觉地，我开始在病房里踱来踱去，就仿佛被源源不断的灵感推动着似的。

　　"老是待在病人身边，你会变得意气消沉的……不如出去散散步吧？"

　　"嗯，我一旦开始动手写的话，"我两眼放光、神气十足地回答道，"肯定会经常出去散步的。"

*

　　我走出了那片树林。前方隔着一大片溪谷，再翻过一片树林，就能看见八岳山麓延绵不绝地展现于眼前。在那遥远的前方，几乎紧挨着那片树林之处，横亘着一个小村子以及倾斜的耕地。其中有好几栋建筑物的红色屋顶像翅膀一样张开着，虽然从远处望去变得很小，却清晰可辨——那里就是疗养院。

我从一大早就漫无目的地信步而行，也不知走到哪里，只是随心所欲地在一片片树林间游荡。此刻，秋天的澄澈空气让疗养院那些小小的房子看起来被拉近了距离，当那些房子冷不防映入眼帘时，我仿佛突然从迷醉中清醒过来，开始审视我们在疗养院众多病人之中悠闲度日的异样感，并将其抽离出来进行思考。然后，在内心涌起的创作欲的不断催促下，我开始把我和节子每一天的奇妙生活转换成一个无比悲哀而沉静的故事……"节子啊，从来没有两个人可以如此相爱，因为那时还没有你，也没有我……"

我的思绪萦绕在我和节子之间发生的所有事情上，时而迅速掠过，时而一动不动地停留在某处，似乎永无休止地在那里徘徊。虽然我此刻远离节子身边，但我一直在对她说话，而且也听到了她的回答。关于我和节子的故事，感觉就像生命本身一样没有尽头。不知不觉之间，这个故事依靠其自身的力量开始生长，脱离我的意志而自由展开。它甚至把我这个动辄停滞不前的作者留在原地，开始描绘"患病女主人公悲惨死去"的结局——女主人公预感到自己生命将尽，却仍然用尽自己逐渐衰竭的力气，尽可能快乐而高贵地生活至今——她躺在恋人的怀抱里，只为余者的悲伤而感到悲伤，而自己却幸福地死去——这样一个形象就像映在空中一样清晰地浮现出来……

"小伙子想让两人之间的爱情变得更加纯粹，于是陪着患病的姑娘住进了山里的疗养院。然而，当死亡的威胁开始降临时，他逐渐产生了怀疑：即使能获得他们所追求的幸福，那么是否这样就能让他们自身感到满足呢？——而受尽病魔折磨的姑娘，则对一直用心照顾自己的恋人心怀感激，最终心满意足地死去。而后，小伙子从姑娘的高洁情怀中得到救赎，终于相信他们之间那份简单的幸福……"

这样的故事结局，似乎已经在前方悄悄地等待着我。突然，姑娘弥留之际的场景对我产生了意想不到的强烈刺激。我仿佛从梦中惊醒似的，心中充满了难以名状的恐惧和羞愧。我本来正坐在裸露的山毛榉树根上，此刻猛地站起身来，似乎想把刚才的思绪通通赶跑。

太阳已经高高地升起。群山、树林、村子、农田……
所有一切都安详地浮现在温和的秋日里。远处那座变得小
小的疗养院里，想必又开始了一如往日的常规生活吧。这
时，在那些陌生的人群里，突然闪现出一个与疗养院常规
生活格格不入的形象——节子孤零零一个人惆怅地等着我
回去……想到这里，我突然惦记起她来，于是急忙沿着山
路往山下走去。

我穿过后面那片树林，回到疗养院，然后绕过阳台，
走向最靠边的那间病房。节子丝毫没有注意到我，她正在
病床上，一边像平时一样用手摆弄着发梢，一边用略带忧
伤的眼神注视着半空。我本来想用手指敲一下玻璃窗，但
随即又打消了这个念头，只是静静地望着她。她一脸茫
然，仿佛受到惊吓而强忍着似的，但恐怕连她自己也没意
识到自己此刻的神态吧……我望着她那陌生的样子，感到
一阵揪心……突然，节子的表情似乎变得开朗起来。她抬
起头，甚至露出了微笑——她看见我了。

我从阳台进入病房，向她走过去。

"你在想什么呢？"

"没想什么……"她回答道。这声音简直不像是她自
己的。

我没有作声，心情郁闷地沉默了一会儿。这时，她才用仿佛恢复原样的亲切声音问我："你刚才去哪里了？去这么久。"

　　"去了那边。"我随便指了一下从阳台正面能看见的远处的树林。

　　"啊，走到那么远呀？……你的小说有眉目了吗？"

　　"嗯，差不多吧……"我极其冷淡地回答道，随即又像刚才一样沉默不语。突然，我冷不防地提高了嗓门问道：

　　"你对现在这样的生活感到满足吗？"

　　听到我这莫名其妙的问题，她似乎吓了一跳，随即目不转睛地盯着我，很肯定地点了点头，并诧异地说道："为什么这么问呢？"

　　"我觉得，我们现在这样的生活，会不会是出于我一时的任性呢？我把这样的生活看得无比重要，但愿你也……"

　　"我不要听你说这种话。"她突然打断我，"你说这种话才叫任性呢！"

　　然而，听了她的话，我却仍然面露不满。她只是怯生生地看着我那张阴沉的脸。过了一会儿，她终于忍不住开口了。

"你难道不知道，我在这里过得多么满足吗？无论我病情多重，都从来没想过要回家。要不是你一直陪在我身边的话，我都不知道会变成什么样子了呢……你刚才没在的时候，我一开始还硬撑着，安慰自己说：'你回来得越晚，我见到你的那一刻就会越开心。'——可是，等过了我预计的时间而你还迟迟没回来时，我就渐渐变得忐忑不安了。就连平时我们经常在一起的这间病房，也突然变得陌生起来，让我觉得很害怕，甚至几乎想从屋里跑出去……后来，我想起你曾经说过的那句话，心情才慢慢平静下来。你不是曾经对我说过吗：'等到很久很久以后，再回忆起我们的这段日子，那该有多美好啊！'……"

节子的声音渐渐沙哑。说完，撇了撇嘴——不知道是不是在微笑，然后就目不转睛地看着我。

听了节子说的这番话，我心中感动不已。但我又不想当着她的面表露出来，于是轻轻地走到阳台外面。我站在那里，深有感触地眺望着周围的风景，就像那个完全描绘出我们的幸福的初夏黄昏一样——然而此刻秋天上午的阳光又和那时截然不同，显得更加清冷，也更有深意。我内

心充满了一种陌生的感动——类似于那时的幸福感，却更

加令人心痛……

冬

一九三五年十月二十日

　　下午，我像往常一样把节子留在病房里，独自一人离开疗养院，穿过有很多农夫正忙着收割庄稼的田间，翻越过杂木林，走下山谷里那个人迹罕至的小村子，走过溪流上的吊桥，爬上村子对岸那个有很多栗子树的小山冈，在上面的斜坡处坐下。我会这样坐几个小时，以开朗而又平静的心情，沉浸于即将动笔的小说的构思里。有时候，小孩子们摇落的栗子会突然掉落在我脚边，发出响彻山谷的声音，把我吓一跳……

　　我周围的所见所闻，似乎都在提醒我们的"生之果实"已经成熟，并催促我尽快采摘。我喜欢这种感觉。

　　当我看到太阳西斜，山谷里的村子被对面杂木林的阴影吞没时，我就慢慢地站起身来，下山，走过吊桥，听着随处可见的水车咕咚咕咚的转动声，漫无目地在小村子里逛一圈。然后，我一边想象着节子大概正在忐忑不安地等我回去，一边加快脚步，沿着八岳山麓那片宽广的落叶松林边缘走回疗养院。

十月二十三日

天快亮时，我被一阵似乎距离很近的异样声音惊醒了。我竖起耳朵听了一会儿——整个疗养院像死一般的沉寂。之后，我就完全清醒过来，再也睡不着了。

一只小飞蛾紧紧地趴在玻璃窗上。透过玻璃，我茫然望着两三颗散发出微弱光芒的晨星。渐渐地，我感觉到这样的凌晨时分有一种难以形容的寂寥感，于是悄悄地爬起身来，光着脚走进昏暗的隔壁病房，尽管我也不知道要做什么。我走到病床旁边，弯下腰，看着节子的睡脸。这时，她冷不防地睁开眼睛，仰望着我，诧异地问道："你怎么啦？"

我用眼神示意说没什么事，随即慢慢俯下身来，情不自禁地把脸紧贴在她的脸上。

"哎哟，好冰凉！"她闭上双眼，轻轻地摆了一下头。头发隐隐散发出一股幽香。我们一动不动地脸贴着脸，互相感受着彼此的呼吸，就这样过了很久。

"啊，又有栗子掉下来了……"她一边轻声耳语，一边眯缝着眼睛看我。

"噢，原来是栗子掉下来的声音呀……我刚才就是被它吵醒的。"

我稍微提高了嗓门说道，然后轻轻地松开她的手，走向不知不觉已渐渐发亮的窗边。然后倚靠在窗前，任刚才那颗不知是从她还是我眼中流出的热泪顺着脸颊往下流。我出神地望着远处——群山背后那几片寂然不动的云霞处，逐渐染上暗红色。而农田那边也开始传来了动静。

"你这样站着，要小心着凉哟！"她躺在床上小声说道。

我朝她转过头，本来想用轻松的语气回答，可是当我和她那双忧愁地看着我的大眼睛互相对视时，却什么话也说不出来。我默默地离开窗边，回到自己的房间。

几分钟之后，她又像每天凌晨一样，发出了难以抑制的剧烈咳嗽声。我一边钻回被窝，一边听着那声音，内心充满了无法形容的不安。

十月二十七日

今天，我依然在山上和树林间度过了一个下午。

有个问题一直萦绕在我的脑海中——这是关于真正的婚约的问题：在这太过短暂的一生之中，两个人究竟能互相给予对方多少幸福呢？在难以违抗的命运面前，一对年轻的恋人静静地低下头，并肩而立，用心灵和身体互相温暖着对方——这样一对寂寞而又不无快乐的形象，清晰地浮现在我眼前。除此之外，如今的我还能写什么呢？……

傍晚，我像往常一样沿着那片落叶松林的边缘快步往回走。倾斜的落叶松林把一望无际的山麓完全染黄了。快走到时，我远远地看见疗养院后面的杂木林边上站着一个高个子的年轻姑娘。她沐浴在西斜的阳光里，头发熠熠生辉。我稍微停下脚步，觉得那人有点像节子，但又不太确信——她怎么会一个人站在那里呢？我于是加快了脚步。渐渐走近一看，果然是节子。

"你怎么啦？"我跑到她身旁，气喘吁吁地问道。

"我在这里等你呀。"她有点脸红地回答。

"你怎么能这样到处乱跑呢？"我从侧面看着她的脸。

"偶尔一次嘛，没关系啦……而且我觉得今天身体好多了。"节子一边用故作快活的语气说着，一边仍然目不转睛地朝我刚回来的山麓方向眺望，"我老远就看见你回来啦。"

我没有说话，只是站在她身边，朝同一个方向眺望。

她又快活地说道："站到这里，就能看见整座八岳山了呢。"

"嗯。"我只是冷淡地应了一声，然后继续和她并肩眺望远山。突然，我冒出了一个莫名其妙的念头。

"这样和你一起眺望那座山，今天还是第一次吧。不过，我怎么总觉得好像和你一起眺望过很多次了呢。"

"怎么可能呢？"

"噢，对了……我现在终于明白啦……很久以前，我们曾经在山的那一边一起眺望过嘛。当时是夏天，经常有云遮挡着，几乎什么也看不见……不过，后来到秋天时，我自己一个人漫步到那里，却能看见位于地平线尽头的这座山的背面。当时我根本不知道远处是什么山，但应该就是这座山，刚好就是那个方向……你还记得那片芒草丛生的原野吧？"

"嗯。"

"真神奇啊。我和你在这山脚下住了这么久，竟然一直都没有发现就是那座山……"我眼前不由鲜明地浮现出那个令人怀念的自己的身影——两年前的暮秋，我透过遍地芒草的间隙远远地眺望着地平线上清晰可见的群山，抱着一种近乎刻骨铭心的幸福感，幻想着我和节子总有一天会在一起……

　　我们陷入了沉默。成群候鸟从远山上空无声地飞过。我们眺望着层层叠叠的群山，心中充满了和那些最初日子一样的爱慕之情，肩膀挨得紧紧地伫立于原地，任凭我们那逐渐伸长的影子在草地上爬行。

　　不久，我们身后的杂木林突然开始沙沙作响，似乎有点起风了。我像回过神似的对她说道："我们回去吧。"

　　我们走进不断掉落叶子的杂木林。我不时停下脚步，让她走在稍前面一些——两年前的夏天，我们在树林里散步时，我也是故意让她走在前面两三步，这样可以时时看见她的身影……各种琐碎的回忆在我心里荡漾开来，使我内心感到隐隐作痛。

十一月二日

夜晚，一盏灯拉近了我们的距离。在灯光下，我已经习惯了不和节子交谈，而是努力书写着以我们的"生之幸福"为主题的故事。在灯罩的阴影里，节子躺在昏暗的床上，安静得几乎让人忘记了她的存在。我时而抬起头朝她那边望去，却发现她正注视着我——也许刚才就一直这么目不转睛地盯着我吧。那含情脉脉的眼神，似乎迫切地想对我说："只要能这样守在你身边，我就很满足了。"啊，对于深信我们所拥有的幸福并努力形诸笔墨的我来说，这眼神给了我多大的鼓励和支持啊！

十一月十日

冬天到了。辽阔的天空下，群山显得越来越近。群山的上空，时而能看见类似雪云的云团一动不动地停留在那里。每当这样的早晨，阳台上总会出现许多难得一见的小鸟，大概是为了避雪而从山里飞过来的吧。雪云消散之后，变成浅白色的山顶大概能保持一天。最近，其中几座山顶的积雪开始变得明显起来。

我回想起来，几年前我总是这样幻想：和一个可爱的姑娘在冬天来到这样荒凉的山里，完全与世隔绝，过着彼此爱得刻骨铭心的生活——我想在这严酷得吓人的自然环境中，完好无损地实现从小至今一直抱有的对于甜美人生的无限梦想。为此，我非得在严寒的冬天来到这样荒凉的山里头不可……

——天快亮时，那位身患小恙的姑娘还在熟睡中，我就悄悄起来，兴冲冲地从山村小木屋跑到雪地里。周围的群山在曙光的映照下，发出玫瑰色的光芒。我从隔壁农家拿了刚挤好的山羊奶，几乎全身冻僵地回到小木屋。然后自己生起暖炉，添加柴火。不久，燃烧的柴火就发出了噼里啪啦的活泼声响，当那姑娘被吵醒的时候，我已经在用快要冻僵的手愉快地如实记录着我们的山居生活……

今天早晨，我突然回想起几年前的这个梦，眼前浮现出现实中无处可寻的、颇有版画风情的冬日光景。我一边变换着圆木小屋里的家具位置，一边喃喃自语地和自己商量着该如何摆放……最终，这梦境的背景变得七零八落，逐渐模糊并消失。残留在我眼前的，只有点缀着少量积雪的群山、光秃秃的树丛和寒冷的空气——仿佛它们是从梦境延伸到了现实中……

我自己先吃完早餐后，就把椅子挪到窗边，沉浸在这样的思绪之中。突然，我回头朝节子望去——她刚刚吃完早餐，从病床上坐起来，用似乎略带疲惫的目光茫然地眺望着远山。看着她那头发蓬乱、面容憔悴的样子，我感到无比心痛。

"说不定就是我的这个梦把你带到这种地方来的呢？"我心中充满了近于悔恨的心情，却没开口，只是默默地在心里对她说道：

"然而，最近我却一心扑在自己的工作上。就算坐在你身边，也根本没有关心你。我曾经告诉过你，也告诉过我自己：'在写作过程中，我会有更多时间想你的。'然而，不知不觉地，我却变得只顾自己的感受，花费这么多时间在自己的无聊梦想上，以至于冷落了你……"

病床上的节子也许觉察到了我那仿佛在倾诉的眼神，她严肃地看着我，脸上没有一丝笑意。最近以来，我们已经习惯了用越来越咄咄逼人的目光对视很长时间。

十一月十七日

再过两三天，我的笔记本就要用完了。如果一直这么记录我们的生活，那就会没完没了。为了写完这个故事，我必须给它一个结局。然而，我却不愿意给我们眼下还在继续的生活设置任何一种结局。不仅不愿意，而且也无法做到吧。我宁可让故事按我们此时的现状结束。

我们此时的现状？……我想起之前在某篇小说里看到的一句话："再也没有比幸福的回忆更妨碍幸福的了。"如今我们给予彼此的感觉，已经逐渐变得和我们曾经互相给予的幸福不一样了！如今的感觉，和曾经的幸福有些相似，却又很不一样，它具有一种令人心痛的悲伤。这种真实状态还没有完全显露于我们的生活表面，可即便我继续苦苦追寻下去，难道就能为我们的幸福故事找到一个合适的结局吗？不知为何，我总是觉得，在我尚未看清的我们的生活里面，一定隐藏着某种对我们的幸福抱有敌意的东西……

我忐忑不安地想着，随即熄了灯，正要从已经入睡的节子身旁走过时，突然停住脚步，静静地看着她的睡脸——黑暗中，她的脸微微泛白，略微凹陷的眼睛周围似乎在轻轻跳动，看起来就像受到了什么惊吓似的。也许，这仅仅是因为我内心那无法名状的不安而产生的错觉？

十一月二十日

我把之前写在笔记本上的文字从头看了一遍，感觉还算符合自己的设想，大致可以满意。

然而，在阅读过程中，我却意外地发现自己内心充满了不安——因为我已经完全感受不到我们自身的"幸福"这一故事主旨。不知不觉地，我的思绪开始脱离了故事本身。

"这个故事里的我和节子相信：我们能够在力所能及的范围内享受简单的生之快乐，而且能以这种独特的方式互相使对方得到幸福。至少我觉得，这样就足以束缚住自己的内心。——然而，我们的目标是不是太高了呢？我是不是没想到自己的生之欲望是如此强烈呢？也许正因如此，才导致了如今我的内心蠢蠢欲动地想要挣脱束缚？……"

"可怜的节子……"我把笔记本扔在桌上，也不收起来，就继续陷入沉思，"我假装没有意识到自己的生之欲望，她虽然默不作声，却显然早就看穿了这一点，并对此寄予同情。而这无疑又使我感到痛苦……我为什么无法在她面前掩饰呢？我是多么怯懦啊……"

节子半闭着眼睛，躺在被灯影笼罩着的病床上。我一看见她，就感觉似乎喘不过气来。我离开灯下，慢慢地走向阳台那边。今晚的月亮小小的，只能隐约映照出云雾弥漫的群山、山冈和树林的轮廓，其余一切则几乎全都融入了暗青色的黑夜里。当然，我所看到的并不是这些景物，而是在我回忆中清晰地浮现出来的那些群山、山冈和树林——那时的初夏黄昏，我曾经和节子一起眺望着那些景物，心中满怀深切的同情，觉得我们最终能获得幸福。直至今日，那些点点滴滴都还历历在目，没有消失。我曾无数次回忆起那一瞬间的风景——甚至连我们自己也成了风景的一部分。所以，那些景物也会不知不觉地成为我们生命的一部分，随季节而不断变化，如今甚至变成了我们几乎无处追寻的模样……

"仅凭我们曾经拥有过的那些幸福瞬间，是不是就值得我们像现在一样共度一生？"我问自己。

这时，我背后忽然传来轻轻的脚步声。一定是节子。我却呆呆地站在原地，没有回头。她也没开口，在离我稍远的地方站着。我觉得她似乎离我很近，近得几乎能感觉到她的呼吸。偶尔有冷风从阳台上寂静无声地掠过。远处传来枯木随风摇曳的声音。

"你在想什么呢？"她终于开口了。

我并没有马上回答，而是突然朝她转过身，不太确信似的笑着反问：

"你应该知道吧？"

她小心翼翼地看着我，好像生怕会中什么圈套似的。见此情形，我才慢慢说道：

"无非是在想工作上的事呗。我怎么都想不出一个好的结局。在小说结尾，我不想把我们写成虚度人生的样子。怎么样，你也来帮我想想看吧？"

她对我微笑。但那微笑中似乎仍然隐藏着一丝不安。

"可我都不知道你写了些什么呀。"她终于小声地说道。

"对哦。"我又一次不太确信地笑着说，"那我这几天先读给你听一下吧？不过，连开头部分都没定稿，暂时还读不了。"

我们回到房里。我又在灯光旁边坐下，拿起刚才扔在桌上的笔记本。节子站在我身后，把手轻轻地搭在我肩上，想从背后看看我写了什么。我立刻回过头，用干巴巴的声音说道：

"你该去睡觉啦。"

"嗯。"她顺从地应了一声，然后略有些迟疑地把手从我肩上移开，回到床上。

"好像睡不着呀。"才过两三分钟，她又在床上自言自语着。

"那我把灯关掉吧？……我不写了。"说完，我就熄了灯，站起身来，走到她枕边，然后在床边坐下，拉着她的手。我们就这样在黑暗中沉默不语。

风显然比刚才更大了，吹得四处的树林呼啸不绝，还不时刮到疗养院的建筑物上，使窗户发出吧嗒吧嗒的响声。风最后才吹到我们这边，吹得窗子嘎吱嘎吱作响。节子似乎有些害怕，一直抓着我的手不放。她闭着眼睛，仿佛正全神贯注于自己的内心意识。渐渐地，她稍微松开了手，大概是假装睡着了。

"好嘞，现在该轮到我啦……"我一边喃喃自语，一边走回自己那漆黑的房间去准备睡觉——尽管我也和她一样毫无睡意。

十一月二十六日

　　最近，我经常在凌晨醒来。每当这时，我就悄悄起床，来到节子的旁边，仔细地端详着她的睡脸。床沿和水瓶都已渐渐发黄，而她的脸却一直是那么苍白。有时我还会不由自主地冒出一句"这个可怜的家伙！"，似乎已经把它当成了口头禅。

　　今天，我也是在凌晨醒来，端详着节子的睡脸。过了很久，我才蹑手蹑脚地走出病房，走进疗养院后面那片几乎已经光秃秃的树林。每棵树上都只剩下两三片枯萎的叶子，在寒风中挣扎。走出这片空荡荡的树林时，只见朝阳刚从八岳山顶升起，红彤彤地照亮了从南向西延伸的群山上空一动不动地低垂着的云团。不过，这曙光还没照到地面上。夹在群山之间的萧瑟的树林、农田和荒地，此时呈现出一片仿佛被全世界遗弃的光景。

　　我在枯木林边徘徊，时而停下来，冷得直跺脚，然后又继续往前走。我一边走一边胡思乱想，过后却完全不记得当时想了些什么。无意中抬起头，只见天空不知何时已经被黯淡无光的云团所笼罩。刚才看见云团被映照得如此美丽时，我还期盼着曙光能照到地面上呢。此时我只觉得颇为扫兴，于是就快步走回了疗养院。

节子已经醒了。但她看见我回来，也只是稍微抬起头，忧伤地看了我一眼。节子的脸色比刚才睡着的时候更苍白了。我走到她枕边，抚摸她的头发，还想吻她的额头。但她只是柔弱地摇了摇头。我什么也没问，只是悲伤地看着她。而她则茫然地凝视着半空，似乎是不想看见我——确切地说，是不想看见我的悲伤吧。

夜

只有我一个人被蒙在鼓里。上午诊察完后，我被护士长叫到走廊，然后才从她口中听说：今早我不在的时候，节子有少量咯血。节子并没告诉我。据院长说，咯血量还没到危险的程度，但为防万一，应该给节子配备一名护理护士。——我只得同意了。

　　我决定暂时搬到刚好空出来的隔壁病房去住。这间病房，和节子的那间病房几乎一模一样，但却给我一种完全陌生的感觉。现在，我就一个人孤零零地在这间病房里写日记。虽然已经这样坐了好几个小时，但仍然觉得房里很空虚。连灯光都显得十分冰冷，仿佛房里空无一人。

十一月二十八日

　　我把即将完稿的笔记本扔在桌上，根本不想去碰它。其实，我之前已经向节子解释过：我们暂时分开住，也有助于我早日完稿。

　　然而，我现在的心绪如此不安，又如何能走进故事里描绘的那种幸福状态呢？

　　每天，我大概每隔两三个小时就会到隔壁的节子病房里，在她的枕边坐一会儿。但考虑到不宜让病人开口，所以我也几乎不说话。护士不在时，我们也只是默默地手拉着手，尽量避开彼此的视线。

　　不经意间，偶尔四目相接时，她朝我露出腼腆的微笑——就像我们最初相识的那些日子一样，但随即就移开视线，望向空中。她并没有对自己所处的现状表现出任何不满，只是平静地躺着。有一次，她问我工作进展如何。我摇了摇头。她则用怜悯的目光看着我。从那之后，她就没再提过类似的问题了。就这样，每天都跟往常一样安安静静地流逝，就像什么也没发生似的。

　　另外，她还拒绝由我代笔给她父亲写信。

深夜里，我无所事事地坐在桌前，茫然地看着落在阳台上的灯影——离窗越远，光线也渐渐变得微弱，最终被周围的黑暗吞没。我觉得那仿佛就是自己的内心。我想：说不定节子也还没睡着，正在想我……

十二月一日

最近几天，追寻灯光而来的飞蛾不知为什么又多了起来。

夜里，不知从哪里飞来一只飞蛾，猛撞到紧闭的玻璃窗上。尽管这样会让自己受伤，但它还是像要求生似的在窗上拼命钻孔。我嫌它烦人，就熄灯上床。它那疯狂拍打翅膀的声音仍然持续了一会儿，然后逐渐减弱，最终才趴在某个地方不动了。第二天清早，我总是能在窗下发现像一片枯叶似的飞蛾尸体。

今晚，有一只飞蛾终于飞进了屋里，绕着我面前的灯火疯狂地转个不停。不一会儿，飞蛾啪的一声落在我的笔记本上，然后一直不动。过了很久，它才似乎想起来自己还活着，于是突然飞走了。很显然，它也不知道自己在做什么。没过一会儿，它又再次啪地落在我的笔记本上。

出于异样的畏惧感，我没有赶走它，而是装作满不在乎，任它死在我的笔记本上。

十二月五日

傍晚，病房里只有我们两个人。护理护士刚去吃饭了。冬天的夕阳正慢慢沉入西边的群山背后，西斜的余晖突然照亮了已经渐渐转冷的病房。我坐在节子枕边，把脚放在取暖器上，弯着腰，读着手里的书。这时，节子突然轻轻地叫了一声：

"啊，父亲！"

我不由吓了一跳，抬头朝她望去——她的眼睛正焕发出和往常不一样的光芒。我却假装没听清她说什么，若无其事地问道：

"你刚才说什么？"

她没有回答，沉默了好一会儿。不过，她的眼神却更加明亮了。

"那座小山的左边，不是有一处能稍微照到阳光的地方吗？"她仿佛终于鼓起勇气似的，伸手指了指那边，随即把手指贴在自己的嘴巴上，就像要把什么难以启齿的话语从嘴里拽出来似的，"每天一到这个时候，那里就会出现一个很像我父亲侧脸的影子……你看，现在刚好出现了。看见了吧？"

顺着她手指的方向，我很快就明白她说的是哪座小山。不过，我只看见一些被斜阳清晰地映衬出来的山褶而已。

"就快消失了……啊，只剩下额头了……"

这时，我才终于认出了像她父亲额头的那处山褶——那确实让我想起她父亲坚实的额头。我心想："从山的影子都能产生联想，可见她心里是多么想念父亲啊。唉，她在用全身心感受和呼唤着父亲……"

转瞬间，那座小山就被暮色完全吞没，所有的影子都消失了。

"想回家了吧？"我心里首先想到这句话，于是就脱口而出。

说完，我立刻不安地看着节子的眼睛。她用冷漠的目光与我对视，随即又移开视线，用沙哑得几乎听不清的声音说道：

"嗯，突然觉得有点想回家了。"

我咬着嘴唇，不动声色地离开床边，向窗前走去。

背后传来节子微微颤抖的声音："对不起……不过，只是瞬间的念头而已啦……这种情绪很快就会过去的……"

我默默地站在窗前，抱着胳膊。群山脚下已经暮色沉沉，可山顶上还弥漫着微弱的光。突然，一阵恐惧感蓦地袭来，感觉就像被扼住咽喉似的。我突然回头朝节子望去，只见她正用双手捂着脸。我心中满是不安，担心我们即将失去一切。我冲到床边，把她的手从脸上硬拉下来。她并没有挣扎。

她那高高的额头，已经回归平静的眼神，紧闭着的嘴角——这些都和平时没什么不同，但又让人感觉比平时更加不可冒犯……于是，我反而觉得无端陷入恐惧的自己像个小孩子。然后，我突然变得浑身无力，一下跪在地上，把脸伏在床边。我就这样一动不动地把脸紧贴在那里，同时感觉到节子正用手轻轻地抚摸着我的头发……

屋里也已经暗下来了。

死亡阴影之谷

一九三六年十二月一日于 K 村

　　时隔三年半再看到这个村子时，它已经完全被大雪覆盖。据说，雪连续下了一个星期，直到今天早晨才终于停了。我请了村里一个年轻的姑娘为我做饭。她和她弟弟把我的行李放上那个小雪橇，帮我拉到一间山村小屋前——我打算在这里度过这个冬天。一路上，我跟在雪橇后面，有几次险些滑倒。因为山谷背面的积雪已经结冰了……

　　我租住的这间小屋位于村子稍往北的一个小山谷。这里随处可见以前建造的洋别墅。我这间小屋应该是在那些洋别墅的最边上。听说夏天来这里度假的外国人把这个山谷称为"幸福之谷"。然而，这样一个人迹罕至的荒凉山谷，又怎么能叫"幸福之谷"？我跟在姐弟俩后面一边慢吞吞地沿着山谷往上爬，一边漫不经心地看着那些被大雪覆盖、被人遗弃的别墅。忽然，我嘴边几乎冒出一个和"幸福之谷"相反的名字，但略一迟疑，又咽了回去。不过最终还是把那名字说了出来："死亡阴影之谷。"……没错，这个名字听起来更加贴切，至少对于我这个打算在如此寒冬、如此山村寂寞独居之人来说是这样的。不知不觉地，我终于来到最边上那间我租住的小屋前。小屋是树皮铺顶的，还带有一个徒有其形的小阳台，周围雪地上有很多来历不明的脚印。那位姐姐先走进门窗紧闭的小屋里，打开防雨窗。而小弟弟则指着那些奇怪的脚印，一一告诉我：这是兔子，这是松鼠，那是野鸡……

　　然后，我站在被积雪埋了一半的阳台上，眺望四周。从这里俯瞰发现，我们刚刚爬上来的山谷背面正是这个形状小巧的山谷的一部分。啊，刚坐雪橇先回去的小弟弟的身影在光秃秃的树林间时隐时现。我一边看着他那可爱的身影消失在下面的枯木林，一边环视山谷。看得差不多时，屋里好像也收拾好了，我这才走了进去。墙壁上贴满了杉树皮，屋里比想象中还要简陋，甚至连顶棚也没有。不过，感觉倒也不差。我还立刻上二楼去看了一下，从床到椅子全都是双份的，就像为你我而准备的一样——说起来，我曾经多么向往和你在这样的山中小屋里相对而坐的宁静生活啊！

　　傍晚，那位村里的姑娘把饭做好后，我就让她回去了。然后，我一个人把大桌子挪到暖炉旁，打算以此作为我的书桌兼饭桌。这时，我忽然发现头上挂着的日历还停留在九月份，于是就站起来撕掉，并在今天的日期旁边做了个标记。接着，我翻开了一年都不曾动过的那本笔记本。

　　十二月二日

　　北边山区好像一直刮着暴风雪。昨天清晰可见的浅间山，今天却完全被雪云覆盖住。山那边显然风雪交加，连这边山脚下的村子也受到影响，本来阳光正明媚，却突然纷纷扬扬地下起大雪来。有时候，大雪偶尔降落到山谷上方。隔着山谷的另一边，一直向南延伸的群山上空却是澄澈的蓝天。而整个山谷则一片阴霾，猛烈地刮起暴风雪。可转瞬间，阳光又突然照射下来……

　　我时而站在窗边眺望着山谷里那变幻莫测的光景，时而又回到暖炉旁边。也许因为这个缘故吧，我一整天都过得心神不定。

　　中午，村里那姑娘背着个包袱，脚下只穿着布袜就冒雪来到小屋。她的手和脸似乎都长了冻疮，性格看上去很朴实，尤其是不爱说话这点正合我意。和昨天一样，做完饭之后我就让她回去了。然后，我感觉就像这一天已经结束了似的，一直坐在暖炉旁边，什么都不做，只是茫然地看着柴火在自然风的吹动下噼啪作响地燃烧着。

　　就这样到了晚上。我独自一人吃完了冰冷的饭菜之后，心里稍觉得踏实一些。雪好像已经停了，幸亏没造成什么损害。不过风却开始刮了起来。每当炉火渐弱、没什么声响时，门窗缝隙就会突然传来山谷外猛风横扫枯木林的呼啸声。

　　过了一个多小时后，我被这难以适应的炉火熏得有点头昏脑涨，于是就走到屋外去透透气。我在漆黑的屋外转了一圈，脸上凉冰冰的，正要回屋里时，借着屋里透出来的灯光，才发现细雪仍然不停地在飘舞着。走进屋里，我又来到炉火旁边，烤一烤身上稍有点潮湿的衣服。然而，一回到炉火旁我又开始发呆，回忆起埋藏在心底的往事，忘记了自己正在烤火……去年这个时候的那天晚上，我们住过的那座疗养院四周也像今晚一样飘着雪。我屡次站在疗养院门口，心急如焚地等着你父亲——我发了电报让他过来。深夜里，你父亲终于赶到了。然而，你只是看了父亲一眼，嘴角浮现出似有似无的微笑。你父亲什么话也没有说，静静地端详着你那憔悴不堪的脸，时而向我投来不安的目光。我却假装没留意到，只是心不在焉地一直看着你。这时，我觉得你好像突然想说什么话，就凑到你面前。你用微弱得几乎听不见的声音对我说道："你的头发上沾着雪花……"——此刻，我一个人蹲在炉火旁边，在这忽然苏醒的记忆的唆使下，不由自主地伸手摸了摸自己的头发，略微有点湿，冷冰冰的。我刚才竟然一直没留意到。

十二月五日

这几天，天气好得无法形容。阳台一大早就洒满了阳光，也没有风，十分暖和。今天早晨，我甚至还把小桌子和椅子搬到阳台上，面对着仍被一大片积雪覆盖的山谷，开始吃早餐。我一边吃，心里一边想：如此舒适的环境，却只有我自己一个人，未免太可惜了。这时，我不经意地朝眼前那干枯的灌木丛底下望去——不知什么时候竟然来了两只野鸡，在雪地里咯吱咯吱地走来走去，寻觅食物……

"喂，快来看，有野鸡哟！"

我想象着你就在屋里，不由压低嗓门喃喃自语，屏气凝神地看着野鸡。我甚至还担心你的脚步声太大会吓跑它们……

这时，不知哪里的小屋屋顶的积雪塌落下来，发出震彻山谷的轰隆巨响。我吓了一跳，呆呆地看着那两只野鸡从我脚边飞走。几乎与此同时，我清晰得近乎痛苦地感觉到：你仿佛就站在我身旁，什么话也不说，只是瞪大了眼睛，静静地看着我。——从前你每次都是这样的。

下午，我第一次从山谷的小屋走下山，到大雪覆盖的村子转了一圈。我只见过这村子的夏天和秋天，可如今看到全都蒙着积雪的树林、道路以及被大雪封住的小屋时，却觉得一切都似曾相识，反而想不起它们从前的样子来。以前我经常走那条有水车的路，现在，路边不知什么时候竟然建起了一座小小的天主教堂。这座教堂是用漂亮的白桦木建造的，但积雪覆盖的尖尖屋顶下却露出已经开始发黑的木板墙。这让我觉得这一带更加陌生了。然后,我踏过厚厚的积雪,走进曾经和你一起散步的那片树林。走了一会儿,我总算认出一棵似曾相识的枞树。好不容易走近时,树上突然嘎地传来尖锐的鸟叫声。我在那棵树前面站住,只见一只我从没见过的,略带青绿色的鸟像受到惊吓似的振翅飞起,随即又跳到别的枝头,嘎嘎直叫,似乎在向我挑衅。于是,我只得很不情愿地离开了那棵枞树。

十二月七日

　　在礼堂旁边那片萧瑟的树林里,我似乎突然听到了两声杜鹃的啼叫。那叫声听起来好像十分遥远,又像近在眼前。我不由向那边的枯草丛、枯树上,以及天空中四处张望,可是却再也没听到那鸟叫声了。

　　我觉得可能是自己听错了。不过,还没等我细想,周围的枯草丛、枯树和天空都完全变回了令人怀念的夏季景象,在我脑海里清晰地浮现出来……

　　而与此同时,我也深深知道:三年前那个夏天我在这里拥有的一切,如今已经全部失去,什么也没有留下。

十二月十日

最近几天，不知道为什么，你的鲜活面容没有出现在我的记忆中。这难免会让我时时觉得孤独难耐。今天早上，刚添进炉子里的柴火怎么也烧不着，我气急败坏，几乎想把炉子乱捣一气。这时，我突然感觉到你就在我身边，满脸忧愁地看着我……于是，我才逐渐振作起来，重新把柴火摆好。

下午，我想到村子里走一走。沿着山谷往下走时，发现近日积雪开始融化，道路很难走，鞋子沾满泥变得很重，简直迈不开步子。没办法，只得半路返回。走到积雪尚未融化的山谷时，我不由松了一口气。不过，从这里回小屋，还得爬一段让人气喘吁吁的上坡路。每当这时，我的心情都十分郁闷。为了鼓舞自己，我甚至努力回忆起隐约记得的《诗篇》章句，背诵给自己听："我即使走在死亡阴影笼罩的山谷，也不惧怕任何灾祸，因为你与我同在……"然而，这些诗句却只能让我感觉到空虚。

十二月十二日

　　傍晚，我经过路边那座有水车的小小的教堂时，看见一个勤杂工模样的人正专心地往泥泞的雪地上撒煤渣。我走到他旁边，随口问道："这座教堂冬天是不是也一直开着呢？"

　　"今年好像再过两三天就要关了……"那位正在撒煤渣的勤杂工稍稍停下手，回答道，"去年冬天是一直开着的，今年因为神父要到松本市那边去……"

　　"冬天这么冷，村里还有信徒会过来吗？"我贸然问道。

　　"几乎没有……基本上是神父一个人每天在做弥撒。"

　　我们正站着谈话时，那位据说是德国人的神父刚好从外面回来。这下，轮到神父拉住我问问题了。他为人和蔼可亲，但还不能完全听懂日语。最后，他好像理解错了我的意思，不停地劝我说："明天星期日的弥撒，你一定要来呀。"

十二月十三日，星期日

　　早上九点左右，我漫无目的地来到教堂。在点着小蜡烛的祭坛前，神父已经和一名助手开始做弥撒了。我并非信徒，不知道该怎么办，只得悄悄地坐到教堂最后面一张用稻草做的椅子上。我原以为信徒席空无一人，可当我的眼睛适应了教堂里昏暗的光线时，才发现最前面一排座位的柱子阴影下，正跪着一个全身黑衣服的中年女人。我意识到她大概已经在那里跪了很久，不由觉得教堂里有一股凛冽的阴森之气……

　　弥撒差不多又持续了一个钟头。临近结束时，我看见那个女人忽然掏出手巾蒙在脸上。可我并不明白其中缘由。这时，弥撒好像终于结束了，神父没有回头往信徒席看，径自走进了旁边的小屋。那个女人仍然一动不动地跪在那里。我则悄悄地走出了教堂。

　　今天的天色稍有点阴沉。从教堂出来后，我在积雪已经融化的村子里漫无目的地徘徊，感觉心里空荡荡的。我还去了从前曾经陪你画画的那片原野——原野当中有一棵白桦树赫然挺立，树根处还残留着一些积雪。我在白桦树旁伫立良久，满怀思念地用手抚摸着树干，直到指尖几乎冻僵。但我还是怎么也回忆不起你当时的模样……最后，我离开了那里，怀着一种无法形容的惆怅之情，穿过枯木林，一口气爬上山谷，回到小屋。

我呼呼地喘着气，坐在阳台地板上。正心烦意乱时，忽然感觉到你仿佛正向我偎依过来。我假装没发现，只是托着下巴发呆。然而，我却从来没有像这次一样真真切切地感受到你的存在——我甚至感觉到你的手正搭在我的肩上……

"饭已经做好啦——"

屋里传来那个姑娘的召唤声，大概是等我很久了吧。我这才回过神来，心里不禁埋怨道："怎么不让我再安静地待一会儿呢？"随即一反常态地绷着脸走进屋里，没有和她说一句话，像往常一样地顾自吃起午饭来。

快到傍晚时，我仍然感觉焦躁难耐，就没好气地把那姑娘打发走了。过了一会儿，我觉得有些后悔，又漫无目的地来到阳台上，像刚才那样茫然地俯瞰着还残留有很多积雪的山谷——不过这次你并没出现……这时，只见有个人慢慢地在枯木林间穿行，一边朝山谷东张西望，一边往这边的方向缓缓走来。我心想："他要去哪里呢？"继续看时，才发现那人原来是神父——他好像是在寻找我的小屋。

十二月十四日

　　昨天傍晚和神父约好了，所以我今天又去了一趟教堂。神父明天就要关闭教堂去松本市了，所以，他在和我说话时，还不时起身向正在收拾行李的勤杂工吩咐几句。他反复对我说："我本来想在这个村子里收一名信徒，现在却要离开这里，实在是太遗憾了。"我立刻想起昨天在教堂里看见的那个中年女人——好像也是德国人。我正要向神父打听那个女人的情况，但忽然转念一想：神父所说的"信徒"会不会是指我呢？他可能误会了……

　　我和神父前言不搭后语地交谈了几句，然后就觉得无话可说，不知不觉地陷入了沉默。我们默默地坐在稍嫌过热的暖炉旁，透过玻璃窗向外眺望——一片片细碎的云朵飞过天空，尽管风很大，天色却十分晴朗，而且冬意盎然。

　　"这么美丽的天空，只有在这种刮风的大冬天里才看得到呀……"神父若无其事地开口说道。

　　"确实，只有在这种刮风的大冬天里才看得到……"我鹦鹉学舌似的回应着，感觉神父刚才那句无心之语忽然触动了自己的内心……

在神父那里待了一个多小时后，我回到小屋，发现收到了一个小包裹——是我很久之前订购的里尔克[01]的《安魂曲》以及另外两三本书。邮包上贴着许多转寄单，看样子是经过多处辗转才最终寄到我这里的。

　　晚上，我做好所有的睡前准备之后，就坐到暖炉旁边，一边听着风声，一边读起了里尔克的《安魂曲》。

　　十二月十七日

　　又下雪了。从早上开始起就一直下个不停。眼看着面前的山谷又逐渐变白。就这样，冬意变得越来越浓。今天我也是一整天都坐在暖炉旁边，时而像突然想起什么似的走到窗边，茫然地眺望雪中的山谷，然后又立刻回到暖炉旁边，继续读里尔克的《安魂曲》。读着读着，我对自己的柔弱内心产生了一种类似于悔恨的情感——我为什么至今仍然放不下你，不愿让你静静地离去……

01　里尔克（1875—1926）：奥地利诗人。《安魂曲》是他1909年的作品。

我拥有逝者，我任由他们离去。

我惊讶地发现，他们并非如传闻那样。

他们死得如此笃定，如此安详，如此愉快。

然而，唯有你——唯有你回来了。

你从我面前掠过，在周围徘徊。

你碰撞到些什么，发出声响，透露出你的行踪。

啊，请别剥夺我费尽时日所学到的东西。

我是对的，而你错了——如果你为某个事物而心生乡愁。

我们即使看见那个事物，它也并非真实存在。

那只是，我们感知事物时，出于我们自身存在的投影。

十二月十八日

雪总算停了。我迫不及待地来到屋外，往后面那片还未曾踏足的树林深处走去。我兴冲冲地穿过一片又一片树林，时而被树上哗啦作响散落的雪花溅得满身都是。当然，这里并没有人走过的痕迹，只有野兔到处乱窜的脚印。偶尔还能看到类似于野鸡的脚印轻快地横穿过小路……

　　然而，我在这片树林里走了很久，还是没看到尽头，而且树林上空又开始布满雪云，于是我就没有再往深处走，半路折回。但我好像走错了路，甚至连自己来时的脚印都不见了。我顿时忐忑不安起来，但还是快步地踏过积雪，朝着自己那间小屋的大致方向在树林中穿行。不知不觉间，我忽然觉得背后好像还有另一个脚步声——肯定不是我自己的。那脚步声隐隐约约，若有似无……

　　我一次也没有回头，只是快步地走下山林。我感到心里一阵疼痛，不由脱口而出地念诵起昨天刚读完的《安魂曲》的最后几行诗：

　　请别再回来。如果你能忍受，

　　就请到逝者们的世界里去；逝者也很忙碌。

　　但只要不至于让你分心，还请你给予我力量，

　　就像在遥远的地方时而给予我力量一样——在我心深处。

十二月二十四日

　　晚上，我应邀去村里那位姑娘家中，过了一个冷清的圣诞节。尽管这个山村每到冬天就人迹罕至，但因为夏天有很多外国人来度假，所以这里的普通人家也乐于模仿外国人的习俗。

　　九点左右，我独自从村里沿着雪光映照的山谷走回来。走近最后那片枯木林时，我忽然留意到，路边被积雪覆盖而冻结成一大块的枯木丛上，有一点点不知来自哪里的微弱的光。这种地方怎么会有这样的光呢？我十分惊讶，环视着一栋栋别墅点缀其间的小山谷，发现只有远处山谷顶上的一间屋子点着灯——好像就是我的小屋……"噢，原来只有我一个人住在这样的山谷顶上呀！"我一边想着，一边沿着山谷慢慢往上爬。

　　"我之前还从来没留意到，我那小屋的灯光竟然能照到这谷底的树林里来。你看……"我自言自语道，"你看呀，这里，那里，到处都是，几乎遍布整个山谷，那洒在积雪上的点点光亮，原来都是从我那间小屋里照出来的哟……"

　　终于回到小屋前。我径直走到阳台上，想再看看这间小屋的灯光究竟能把山谷照亮到什么程度。结果我发现，这灯光只能微微照亮小屋周围。而这仅有的一点光亮，也随着距离渐渐远而变得越来越微弱，最后和山谷里的雪光融为一体。

"唉，刚才那遍布山谷的光亮，从这里望下去也不过如此嘛。"我有点扫兴地喃喃自语着，但还是一直茫然地注视着那灯影。这时，一个想法忽然浮现出来："这灯影的情形，不正像我的人生一样吗？——我原以为，自己人生周围的光亮，就只有这么一点；而实际上，就跟这小屋的灯光一样，比我自己想象的要多得多。也许，不管我的意志如何，它们都会一直像这样默默地照亮着我的人生……"

这个突然的想法，使我长久地伫立在雪光映照的寒冷阳台上。

十二月三十日

真是个安静的夜晚。今晚，我又任由各种思绪自然而然地涌上心头。

"我好像既没有比一般人幸福，也没有不幸。那些所谓幸福之类的问题，曾令我们如此焦虑不安。可在今天看来，如果我想忘掉它们的话，应该能全都忘得一干二净。我反而觉得，近来这段日子，自己更接近于幸福的状态。唉，怎么说呢，近来我的内心状态与幸福相似，只是比幸福稍微多了一点悲伤——但未必就不快乐……如今，我之所以能过得这么从容自若，可能是我尽量不跟别人来往、独自一个人生活的缘故。当然，我这个怯懦之人能做到这一点，完全应该归功于你。其实，我从没想过，这样孤独地生活是为了你。无论怎么说，这完全是我自己率性而为。又或许，确实是为了你，我却一直觉得是为了我自己，因为我已经习惯了你那甚至让我受之有愧的爱。而你却对我毫无所求，一直那样地爱着我……"

我正沉思时，忽然像想起什么似的，起身走到屋外，像往常一样站在阳台上。大概是从这座山谷的背面那边不断地传来了风的呼啸声，听起来感觉十分遥远。我就这样一直站在阳台上，仿佛是特意出来聆听那遥远的风声。横躺在我面前的这座山谷，起初看上去只是被雪光微微照亮的一大块物体。而后，我漫不经心地继续眺望时，不知是因为眼睛逐渐适应过来，还是我不知不觉地通过记忆进行填补的缘故，眼前渐渐浮现出了一个个物体的线条和形状。一切都让我觉得如此亲切的所谓"幸福之谷"——没错，只要像这样住惯了的话，想必我也会和大家一样称它为"幸福之谷"……尽管山谷背面那边寒风呼啸，而这里却如此安静。噢，我的小屋后面不时传来轻微的咯吱咯吱声响，大概是枯树枝正随着远处吹来的风而互相摩擦吧。偶尔，风的余势还把我脚下的两三片落叶吹起，拨到其他落叶上面，发出轻微的沙沙声响……

（完）

起风了

作者 _ [日]堀辰雄　　译者 _ 黄悦生

编辑 _ 韩栋娟　　装帧设计 _ 山葵栗　　技术编辑 _ 丁占旭

责任印制 _ 梁拥军　　出品人 _ 李静

果麦

www.goldmye.com

以 微 小 的 力 量 推 动 文 明

图书在版编目（CIP）数据

起风了 / (日) 堀辰雄著 ; 黄悦生译. -- 天津 :
天津人民出版社, 2021.1（2025.5重印）
　　ISBN 978-7-201-16789-3

　　Ⅰ.①起… Ⅱ.①堀…②黄… Ⅲ.①中篇小说－日
本－现代 Ⅳ.①I313.45

中国版本图书馆CIP数据核字(2020)第235181号

起风了
QIFENG LE

出　　　版	天津人民出版社
出 版 人	刘锦泉
地　　　址	天津市和平区西康路35号康岳大厦
邮 政 编 码	300051
邮 购 电 话	022-23332469
电 子 信 箱	reader@tjrmcbs.com

责 任 编 辑	张　璐
特 约 编 辑	韩栋娟
装 帧 设 计	山葵栗

制 版 印 刷	河北鹏润印刷有限公司
经　　　销	新华书店
发　　　行	果麦文化传媒股份有限公司
开　　　本	787毫米×1092毫米　1/32
印　　　张	3.5
印　　　数	206,901-211,200
字　　　数	49千字
版 次 印 次	2021年1月第1版　2025年5月第25次印刷
定　　　价	39.80元
